L'AGE POÉTIQUE

D'UN

SCANDINAVE.

A PARIS,

CHEZ LES MARCHANDS DE NOUVEAUTÉS.

1823.

L'AGE POÉTIQUE

D'UN

SCANDINAVE.

DE L'IMPRIMERIE DE FIRMIN DIDOT,
IMPRIMEUR DU ROI ET DE L'INSTITUT, RUE JACOB, N° 24.

L'AGE POÉTIQUE

D'UN

SCANDINAVE.

A PARIS,

CHEZ LES MARCHANDS DE NOUVEAUTÉS,

AU PALAIS-ROYAL.

1823.

L'AGE POÉTIQUE

D'UN

SCANDINAVE.

A MA SOEUR.

O toi qui vis briller l'aurore de beaux jours
Dont bientôt dans les pleurs se divisa le cours,
Reconnais l'orphelin sans biens et sans patrie,
Heureux en retrouvant une amante chérie.....
Ah! reconnais aussi la fable du bonheur:
Hélas! trop belle Ida, tu la sais par ton cœur:
Aux cendres de Moscou se mêlèrent tes larmes,
J'y portai, du Midi, mes regrets et mes armes.

Pour l'émigré du Nord, ô douce volupté!
A mon tour, digne objet de l'hospitalité,
De nos parents, ma sœur, sous le ciel de la France,

Chaque jour j'entendais bénir la bienfaisance.
Alors, de mon destin oubliant les rigueurs,
(Adèle souriait en essuyant mes pleurs)
Je crus au tout-pouvoir d'une chaste tendresse;
Oui, je ne crus que trop à l'humaine sagesse.....

L'orgueil, le fanatisme et la cupidité
Étaient les ennemis de ma félicité.
Il fallut succomber, il fallut plus encore:
Il me fallut survivre à celle que j'adore!

Jadis je célébrais ses vertus, ses appas;
Désormais il me reste à pleurer son trépas,
Et ma muse, enlevée aux bosquets de Cythère,
A l'ombre d'un cyprès va finir sa carrière.

LES EXILÉS.

Loin du beau sol de France
S'exilant sans retour,
Adèle en son enfance
Vint charmer mon séjour ;
Elle avait du jeune âge
La naïve candeur ;
De son charmant langage
Je goûtais la douceur.

De Paul et Virginie
Nous sentions les désirs ;
Une douce harmonie
Unissait nos plaisirs.
Mais l'œil jaloux d'un père
Vint troubler mon transport,
Et son arrêt sévère
Ordonna de mon sort.

O paisible innocence,
O printemps des amours,
Quelle affreuse souffrance
Obscurcit vos beaux jours!.....
Jeune encor, de mon père
J'ai méconnu la loi;
Le ciel en sa colère
S'appesantit sur moi.

Cap de Bonne-Espérance,
Pour moi sans nul espoir,
D'une juste sentence
Tu maintiens le pouvoir.
Sans celle que j'adore
Je vois couler mes jours;
Pourtant je chante encore
Mes plaintives amours.

LE RETOUR.

ENFANT de Mars, et le hasard pour guide,
Je pris mon gîte au château d'un seigneur
Qui, fugitif sous un règne homicide,
De mes parents connut le noble cœur.

Il m'assurait de sa reconnaissance,
Et je cédais à ce touchant effort;
Lorsqu'un portrait, frappant de ressemblance,
Vint m'agiter du plus tendre transport.

Le cœur d'un fils en retrouvant son père,
Plus que le mien n'a jamais palpité,
Lorsqu'accourant au portrait de ma mère
Devant ses traits j'étais précipité.

Dans mon extase oubliant tout, hors elle,
Je fus frappé de ces tendres accents :
« Dieu ! c'est Alfred ! »..... De ma sensible Adèle

Je reconnus les attraits séduisants.

Encore aux pieds du portrait de ma mère :
Adèle, dis-je, aujourd'hui sois ma sœur.
Dans ton Alfred vois un malheureux frère,
Et garde-toi de réclamer mon cœur. —

« Cher émigré, rendue à ma patrie,
« C'est à mon tour de ranimer l'espoir
« Du fils proscrit, de la mère chérie,
« Dont l'ombre ici me dicte mon devoir. »

O mon Adèle, amante généreuse,
Repris-je encore en lui baisant la main,
Pour l'émigré ton ame courageuse
Peut tout oser ; mais ce serait en vain.....

Ah ! si jamais une pensée impure
De nos amours allait trahir les lois,
Sous ce portrait rappelant le parjure,
L'honneur sur lui reprendrait tous ses droits !

MON ÉCOLE.

QUOI! pour être soldat je serais infidèle?
Pour chanter mon amour j'aimerais moins Adèle?

Peut-être à l'Hélicon, peut-être au Champ-de-Mars
Les abus sont fréquents ainsi que les hasards;
Mais de l'art ou du jeu, dont parfois je m'amuse,
Écoute l'origine et fais grace à ma muse.

Tandis que les plaisirs enfantent le regret,
L'école du malheur pour l'homme est un creuset.
Je connais cette école : au printemps de ma vie
J'y commençai mon cours en fuyant ma patrie......
A la merci des vents, lancé dans l'univers,
Vers de lointains climats voguant au sein des mers;
Et mon ame, semblable à la vague isolée,
S'élevant sur les flots vers la voûte étoilée,

A la face du ciel et seul sur l'Océan
J'exhalais mes soupirs en émule d'Ossian !

J'étais bien jeune alors.... Voilà ma seule excuse....
Dois-je craindre jamais que ta rigueur m'accuse ?
Au secret tribunal de tout cœur généreux
N'est-on pas acquitté dès qu'on est malheureux ?
A ce titre que j'eus de droits à la clémence !....
Cet aveu te suffit : prononce ma sentence.

Te le dirai-je, Adèle ? en proie à vingt tourments,
Des adieux au bonheur furent mes premiers chants.
Mes regrets, mes soupirs, mes plaintes légitimes,
De mon cœur oppressé s'échappaient par des rimes.
D'un trop cruel destin j'essuyais les rigueurs :
Mes erreurs, mes malheurs, tout rimait à mes pleurs !
Et quel infortuné dans le cours de sa vie
De ces tristes accords n'a senti l'harmonie ?
Quel mortel, à l'espoir ne voyant plus de port,
En prose comme en vers n'eût invoqué la mort ?

Mais nos plaintes toujours sont injustes ou vaines,
Ainsi qu'à nos plaisirs il est un terme aux peines ;

Tout se passe, tout s'use, et la robe de deuil
Ne dure pas, hélas! autant que le cercueil.
L'orphelin délaissé gémit et se désole,
Et, soit force ou faiblesse, à son tour se console :
La tempête se calme et le ciel s'éclaircit,
L'arbrisseau se relève et Flore lui sourit!

DÉLIRE.

Ne me dis pas ce qu'exige ta mère,
De mon malheur ne trahis point l'arrêt;
Ah! ne dis pas ce qui me désespère;
Mais de nos cœurs redisons le secret :

ENSEMBLE.

Tout à l'amour, du sort qui nous accable
Nous braverons l'inflexible rigueur;
Mais sans les feux de ton ame adorable,
La mienne, hélas! s'éteindrait de langueur.

ELLE.

Je ne sais plus ce que m'a dit ma mère;
Ta voix l'emporte et répond à mon cœur:
Fille égarée, amante téméraire,
L'amour m'entraîne, et je suis mon vainqueur.

— Combien tu sens que de la sympathie

Le nœud sacré résiste à la raison !
Pour le trancher, vous qui donnez la vie,
Cruels parents, reprenez votre don !

ELLE.

Oui, je le sens, du seul bien que j'envie
Si la vertu me dictait l'abandon,
O mes parents, du souffle de la vie
Ma voix parjure exhalerait le don.

ENSEMBLE.

Pauvre rival, mon } amante fidèle,
Rival d'Alfred, son }
Toute à l'amour, dédaigne ton trésor :
Un cœur constant, apanage d'Adèle,
Est hors de prix pour qui n'a que de l'or.

Dans ton palais va cacher ta misère,
De ta grandeur nous sommes peu jaloux ;
Ton protecteur est maître de la terre ;
Mais dans les cieux il en est un pour nous !

L'ABSENCE.

IGNORES-TU, trop chère amie,
Ce que je souffre loin de toi?
Ignores-tu combien la vie
Devient un supplice pour moi?

Non, tu le sais, fidèle amante,
Tu sais que, nourri de regrets,
D'un avenir qui t'épouvante
Je sens les sinistres apprêts.

A qui donc sourit la Fortune?
— A l'ennemi de mon bonheur.
— Qui nous défend, qui l'importune?
— Ton père au lit de la douleur....

En vain ma main frémit d'écrire
Mes terreurs, mes pressentiments;
Puisque dans mon cœur tu sais lire,
Le tien te redit mes tourments.

ÉPITAPHE

DU PÈRE D'ADÈLE.

D'une fille éplorée,
D'une amante adorée
Ci-gît le tendre protecteur;
Ci-gît l'espoir de mon bonheur.

SUR UNE ODE D'ADÈLE

AUX MANES DE SON PÈRE.

Le noble épanchement d'un espoir magnanime,
Les célestes accords de ton ame sublime,
Sont des gages sacrés de talents, de vertus,
Qui d'amour, de respect, enlèvent les tributs.
D'une sainte, en ton cœur, je révère les traces,
Et pourtant tes attraits sont les attraits des Graces!

Mais, Adèle, il est temps d'arrêter les progrès
D'une sombre langueur dont je crains les excès.
Le Ciel en son courroux nous a privés d'un père;
Il te reste un soutien... elle est toujours ta mère...
Oui, le sein maternel gémira de tes pleurs...
Ah! qui n'espère pas dans la saison des fleurs?

FAIBLESSE ET RAISON.

Trop cher objet de ma constante flamme,
Que t'ai-je fait pour trahir notre ardeur?
Ai-je cessé de régner dans ton ame?
As-tu cessé de posséder mon cœur?
D'un Dieu clément adorant la puissance,
Je suis chrétien, ah! ne suffit-il pas?
Et c'est la Foi, non, c'est l'intolérance
Dont la rigueur va me fermer tes bras!

ELLE.

Ah! cher Alfred, n'accuse point Adèle,
N'abuse plus d'un ascendant fatal;
Quand pour mon Dieu je te suis infidèle,
Du ciel, hélas! cesse d'être rival!
Mais si tu plains le destin de ma vie,
De tes aïeux rappelant la ferveur,

Cours aux autels immoler l'hérésie
A ton salut, à l'hymen, au bonheur! —

Ciel, quel appât!... c'est la voix d'une femme...
La vérité brille-t-elle en ses yeux?
Dieu, qui voyez le trouble de mon ame,
Sauvez ma gloire aux dépens de mes feux!
Mais si l'erreur, précédant ma naissance,
Des saintes lois me voile les autels,
Que votre voix guide ma conscience,
Et fasse grace aux aveugles mortels!

PAUL ET VIRGINIE.

Loin de nous, oui bien loin des funestes climats
Où domine l'orgueil, où fermente l'envie,
Sous un ciel plus serein, ignoré des frimas,
Que j'aime les amours de Paul et Virginie!

Ah! dites, ces amants ne retracent-ils pas
Innocence et bonheur au berceau de la vie?
Du paradis terrestre où seraient les appas,
Si ce n'est dans l'accord d'une telle harmonie?

Au sein de la nature, oui, ce couple d'heureux,
Dans une île enchantée, isolé, vertueux,
Des époux de l'Éden rappelle la mémoire.

Mais voyez cette vierge, enlevée aux amours,
Modèle de pudeur, sacrifier ses jours
Pour porter dans les cieux sa ceinture et sa gloire!

A SON PORTRAIT

PEINT PAR ELLE-MÊME.

Du beau modèle, ô bel ouvrage!
Adèle en toi se reproduit,
Et semble provoquer l'hommage
Que le trop faible peintre fuit.

Heureux de posséder ce gage
Et de tendresse et de talent,
Mon cœur s'enivre en cette image
Et de douceur et de tourment.

Sous le poids de vertus austères
Que ce regard a de langueur!
Sous les voûtes de ces paupières
Que cet azur est enchanteur?

Et cette blonde chevelure....

Ce doux souris.... ce noble front....
De Vénus elle a la ceinture,
Elle a les pinceaux d'Apollon.

Et tant d'attraits, fille des Muses,
Pour nous seraient ensevelis?...
Ah! ne crois pas que les recluses
Ont de grands droits au paradis.

Ainsi que ton portrait, Adèle,
Que ne reviens-tu sur mon cœur
Braver le redoutable zèle
Du fanatisme et de l'erreur!

Mais elle est loin.... je l'ai perdue....
Aux tresses de ses blonds cheveux
Sa charmante ombre suspendue
Sur mon sein flatte en vain mes yeux.

LA GROTTE.

Doux souvenir dont la puissance
En ces lieux double mon ardeur,
Que ne me rends-tu l'espérance,
O souvenir de mon bonheur!

A deux dans cette grotte obscure
Mes droits valaient bien ceux d'un roi;
Chacun de nous disait : Je jure
De ne jamais aimer que toi.

Puis souriant : Songe, dit-elle,
Qu'amour est un enfant trompeur.
— Non, non, repris-je, mon Adèle,
Le cœur d'Alfred n'est pas menteur.

Je disais vrai. Triste mérite!
Pour prix de ma constante ardeur,
Le passé sans cesse m'agite,
Et l'avenir fait ma terreur.

LE PÊCHEUR.

Aux rives où naguère
Un infortuné frère
Plongea son espoir et ses maux,
J'errais pensif et solitaire.
Trouva-t-il le repos?....
Ce doute affligeait ma pensée,
Lorsque, dans sa course avancée,
Une barque offrit à mes yeux
Mon rival odieux.

Vain de son opulence,
Il promenait son indolence
En maladroit pêcheur.
Soudain une vague en fureur
Dans le torrent lança la barque;
Sur un rocher veillait la Parque...

Au péril de mes jours,

Je vole à son secours,
Le saisis à la nage,
Et ramène au rivage
L'assassin de mon cœur.
Mais, le fuyant avec horreur,
J'abandonnai ce traître,
Pour le dispenser de connaître
Un ennemi dans son sauveur.

ÉPITRE SUR L'AMOUR.

Quel est donc ce tyran, quelle est cette puissance
Que la fable embellit des attraits de l'enfance?

Non pas un petit dieu, mais un dieu créateur
Ennoblit son chef-d'œuvre en nous donnant ce cœur,
Foyer d'un feu sacré dont le charme est suprême,
Principe d'un écho qui répète : je t'aime.

Un sage, m'a-t-on dit, dans un rêve enchanteur
Où se perd la raison et s'enivre le cœur,
Conçut l'amour parfait : la sympathie innée
Dans nos ames aux cieux l'une à l'autre enchaînées.
Unis avant de naître, en recevant le jour
Nous serions dispersés pour chercher notre amour...

Mais ma faible raison de ce touchant système
Pour ma félicité cherche en vain le problème.

Sous un corps temporel errerai-je ici-bas,
Méconnu d'une amante inconnue à mes bras?
Ou plutôt si des cieux une loi trop cruelle
Avait pu m'enlever ma céleste jumelle,
Lorsqu'elle est retrouvée, encore, ô juste Dieu!
De troubler notre hymen vous feriez-vous un jeu?

Dans un monde où trop tôt se dissipe un tel songe,
Qu'elle est douce l'erreur qui par fois le prolonge!
Soudain, ah! je le sais, échangeant un soupir,
Un charme inconcevable en nous se fait sentir;
S'empare de nos cœurs, de nos sens, de nos veines,
Et confond tout notre être et nos vœux et nos peines....
Ce doux enchantement émane-t-il du cœur?
Le cœur y participe et n'en est pas l'auteur.
La fragile beauté, les talents et les graces
Sont de puissants attraits. Reconnaissons leurs traces,
Et ne prétendons pas nous égaler aux dieux:
Si l'homme était parfait, qui serait vertueux?

Mais vous, que je vous plains, enfants de la nature,
Qui, du besoin d'aimer écoutant le murmure,

Abandonnez vos cœurs à leurs tendres penchants,
Et sans l'aveu d'un père échangez vos serments!...
Renoncez à l'espoir, abjurez la constance,
Et signez le contrat d'un nœud de convenance!

L'avarice et l'orgueil, fondateurs des liens
Qui séparent les cœurs n'unissant que des mains,
Vont crier à l'amante en désignant sa place:
Eh! qu'importe le cœur? une étoile l'efface;
Un époux galonné, des trésors, des palais,
Sans doute d'un amant valent bien les attraits....

Le croire, belle enfant, passe pour raisonnable;
Le métal a son prix dans un cœur charitable;
La fortune ici-bas gouverne le destin:
Répandre des bienfaits, c'est semer en chrétien.
Si donc pour toi stérile est le champ de la vie,
De tes vertus attends la récolte bénie.

Quant à toi, pauvre amant, qui ne peux disposer
Que d'un cœur inutile et trop fait pour aimer,
Une froide raison en vain t'offre ses armes;

Le temps, oui, le temps seul peut épuiser tes larmes.
De ce triste remède espérant le pouvoir,
Et rougissant enfin d'un lâche désespoir,
Sers Dieu, ton souverain, l'honneur et la patrie,
Et montre ton courage en fuyant ton amie!...

Où m'égare ma muse? hélas! elle trahit
Un arrêt que long-temps la raison me prescrit.
C'est en vain : je n'ai pas cette force stoïque,
Trop superbe vertu d'un orgueil héroïque,
Et mon sein oppressé se refuse à ma voix,
Sitôt que du départ je m'impose le choix.

Quitter ces lieux, quitter mon solitaire gîte,
Cet air qu'elle respire et ce toit qu'elle habite;
Si tu peux l'exiger, inflexible raison,
C'est que tu ne connais de l'amour que le nom.

Elle aime sans espoir, je l'adore de même,
Et c'est en l'imitant que je sens comme on aime.
Condamnés à nous fuir, si par fois je la vois,
Je ne peux lui parler, je n'entends plus sa voix :

Dans ses yeux dont mes yeux épiaient le message,
Ils n'osent aujourd'hui me frayer un passage,
Et son bras désormais sera loin de mon bras;
Mais son ombre est fidèle à l'ombre de mes pas,
Et son ame et mon ame, invisibles amies,
En dépit des cruels demeurent réunies!
Son cœur a dans le mien épanché sa douleur,
Et ce cœur me connaît pour l'enfant du malheur.
Sans cesse mes regrets sont mêlés à ses peines,
Sans cesse, je le sens, elle souffre des miennes;
Tous mes vœux sont pour elle, et les siens sont pour moi,
L'amitié la plus tendre en échange la foi,
Et de près et de loin, sa chaîne entrelacée,
Éternise en nos cœurs l'hymen de la pensée!

Un prêtre a condamné cette chaste union;
(Un prêtre fanatique outrageant la raison;)
Mais qui peut la troubler sans troubler ma mémoire
Sur mes propres efforts remportant la victoire?
Moi-même, pour la fuir, je contemple les cieux
Et l'azur séducteur me rappelle ses yeux!
Je me suis imposé d'éviter sa rencontre;

Et mon sein qui la porte en tout lieu me la montre!
Je veux taire son nom et ne plus le tracer;
Et l'amour, quand je dors, me le fait prononcer!
Oui, des songes trop doux, ô nature rebelle,
Dans les bras du sommeil me rendent mon Adèle.....
Et moi j'espérerais triompher de mon cœur?
Que mon dernier soupir proclame mon ardeur!

Pour le jour du départ, ciel, reçois ma promesse:
Je lui lègue en partant mon unique tendresse,
D'un amour sans espoir les soupirs et les vœux.
Consumé de langueur, que mon cœur soit aux cieux,
Ma main à mon épée, à la France ma vie.....
Il me reste un soupir pour ma chère patrie!

Mais encore m'attend le sommet de mes maux,
D'où j'espère descendre à mon lit de repos:
Encore le destin me réserve la lie
De sa coupe pour moi d'amertume remplie:
Mon amante est promise, et nous luttons en vain!.....
Un mortel opulent..... S'il m'arrache sa main,
Jaloux de son bonheur sans l'être de sa gloire,

Et de l'or méprisant la honteuse victoire,
Le plus à plaindre, hélas! je ne le serai pas.....
De l'autel, ô victime, où te portent tes pas.....

Si l'hymen a ses lois, la nature a les siennes:
Je respecte ses nœuds, qu'il respecte mes peines;
Qu'il me prive à jamais de ses seules douceurs,
Qu'il trafique à son gré ses ennuis, ses faveurs;
Mais que son favori, fier d'usurper ma chaîne,
Soit époux généreux et tolère ma haine.....

Que dis-je? malheureux! ne suis-je pas chrétien?
Mon maître sur la croix... Mais la paix dans le sein...
S'élevant au-dessus des tourments de la terre,
Pria pour ses bourreaux par respect pour son père!

O Seigneur, pardonnez, pardonnez à mon cœur
Les coupables transports d'une profane ardeur.
Le feu qui me dévore est une flamme impure;
Oui, le dieu qui m'embrase est un dieu d'imposture.
O Sauveur des mortels, étouffez ma fureur,
Et d'un saint repentir m'inspirez la ferveur!

« Fuis, fuis, me criez-vous, le démon qui te presse;
« Fuis l'orgueil, fuis l'envie, et surtout la mollesse,
« Et songe, fils d'Adam, de l'œuvre de tes bras,
« Que tu dois rendre compte à l'heure du trépas.
« La sueur de ton front est encens pour mon père,
« Le remède à tes maux et la manne sur terre.

Vous m'éclairez, Seigneur, béni soit cet arrêt!
Votre grace est en moi; le monstre disparaît.

Médite le prophète, «*homme né de la femme*, »
Reconnais la souillure et du corps et de l'ame;
Rougis de ta naissance et pleure ton berceau:
L'homme immortel n'est plus; il creusa ton tombeau.

L'amour est du serpent, fertile en artifice,
Le venin dont en nous s'épuise le calice.
Sous un masque attrayant déguisant sa laideur,
Satan du paradis enleva la pudeur.
Banni de ses états, notre roi, notre père,
Nous légua sa faiblesse et sa honte et la terre.
Enfants de la douleur, conçus dans le péché,

Trop mémorable sceau de notre impureté,
D'un germe de grandeur nous récoltons des vices,
Et le cœur dans les sens conserve ses complices.

O ciel, veillez, veillez sur vos faibles enfants,
Mortels dégénérés en profanes amants!

Vous seul, Être d'amour, divinité suprême,
Attirez tous les cœurs par votre essence même.
Célébrer votre gloire, adorer vos attraits,
Et toujours s'élancer pour les voir de plus près,
Voilà, pour la vertu, la source inépuisable
D'un charme sans pareil, d'amour inaltérable!

LE DÉPART.

L'ESPOIR qui m'égara n'agite plus mes chaînes,
L'habitude répand son calme dans mes peines,
Mes soupirs superflus n'ont que Dieu pour témoin;
Je le crains, je l'adore, et n'ai d'autre besoin;
Mon ame n'aspirant qu'à sa sainte patrie,
Ne s'épanche qu'au sein de la mélancolie.

Peu jaloux de grandeurs, ignoré des plaisirs,
Ma solitude enfin renfermant mes desirs,
Je bornais tous mes vœux (hélas! vaine espérance!)
A ne plus altérer ma paisible souffrance.

Mais qu'importe, après tout, le caprice du sort?
Partout est sous nos pas le chemin de la mort;
Et ne rien espérer c'est n'avoir rien à craindre.
De l'ordre du départ dédaignant de me plaindre,
Il me faut obéir, et je pars en ce jour

Le premier au devoir, le dernier à l'amour.
Je ne sais d'où me vient la force de le dire,
Je ne sais sur mon cœur qui me rend mon empire;
Au monde indifférent, insensible à mes maux,
Ma conscience seule a besoin de repos.

Adèle, écoute-moi, c'est le ciel qui m'inspire
Le devoir inhumain que je vais te prescrire.
Ta vertu m'épargna le plus grand des remords,
De la mienne aujourd'hui reconnais les efforts.
D'un funeste serment c'est moi qui te délie;
Je serai ton ami, ne sois que mon amie.
Aux dépens de l'amour que ton cœur généreux
Immole à tes parents ton amant et tes vœux;
Qu'ils cessent, les cruels, d'accuser la mémoire
De celui qui n'a rien de plus cher que ta gloire.
Mon départ à l'hymen va donner le signal;
L'autel pour toi se pare, accepte mon rival!
Tu feras un heureux..... La peine est temporelle,
L'existence fragile, et la gloire immortelle!

AU CAMP DE CÉSAR

(PRÈS D'AVESNES).

Pourquoi donc, inculte vallée,
T'évitent ces bons villageois ? —
C'est qu'à la terre désolée
César ici dicta des lois.

César, comme Héliogabale,
S'abreuva de sang et de pleurs ;
Et ce superbe cannibale
Trouve encor des imitateurs !

Que d'autres chantent la louange
De ce génie entreprenant,
Qui du Tage jusques au Gange
Va porter son sceptre sanglant.

Que d'autres soient fiers de nos armes.....
Et cependant je suis guerrier,
Et je cours m'abreuver des larmes
Dont Mars arrose le laurier.....

Hâtons-nous! au champ du carnage
Déja l'airain sonne la mort:
C'est le terme de l'esclavage,
Du repos c'est le port.

MON SONGE.

SANS abri, sans secours, sur la neige abattu,
Des frimas par pitié j'invoquais la vertu,
Et mes sens engourdis et mon ame épuisée
Du néant ne pouvaient relever ma pensée.
Cependant, assoupi sous le poids de mes maux,
L'ombre de mon Adèle agita mon repos.

D'un superbe cortége en triomphe escortée
Sur un parvis doré je la vis transportée.
A sa robe de pourpre, à ses riches bijoux
Je connus la livrée et les fers d'un époux.
Ses traits décolorés exprimaient sa souffrance,
Et son terne regard commandait le silence.
Cent flambeaux éclairaient un lit d'azur velours,
Le berceau de l'hymen, tombeau de mes amours;
Mais en face un cercueil obscurcissait l'enceinte....

La victime s'avance, et tandis que de crainte
A mes yeux affligés tout respire le deuil,
Adèle me sourit se couvrant du linceul....

Tout à coup je m'éveille, invoquant mon amie!.
Je ne vis que les fers d'une horde ennemie.

LE PRINTEMPS.

La nature fêtait le retour du printemps,
Et le ciel me rendit mon Adèle et mes sens.
Dans les bois se berçaient d'aimantes tourterelles,
Sous les toits s'animaient des berceaux d'hirondelles,
Et leurs tendres concerts que l'aurore écoutait,
Et les fleurs du verger que Zéphir mariait,
Et les prés et les champs rayonnant d'espérance
Des enfants de Cérès proclamaient la naissance!

O miracle d'amour! ô charmante saison,
Fallait-il m'enivrer d'un céleste poison!

Trois fois je l'ai revu ce séduisant spectacle,
Et trois fois m'a trompé son éloquent oracle....

Que Cérès de ses jeux promette le retour,

Que la nature entière y respire l'amour,
Je ne vois que son deuil, rien pour moi ne l'efface.
Mais la feuille qui tombe encor moins le retrace
Que la rose de mai qui renaît tous les ans
Pour me dire : Pour Elle il n'est plus de printemps...

LA MORT D'ADÈLE.

AU-DELA de la mort m'attend celle que j'aime!
Impuissant est l'orgueil du coupable tuteur;
La constance triomphe au sein de la douleur;
De l'amante d'Alfred la tèndresse est suprême!

Survivre à ses amours c'est survivre à soi-même.
Lentement se dissout l'argile de mon cœur;
Son poids m'accable encor; mais une sainte ardeur
Allège de mes sens la pesanteur extrême.

Moins fragile que l'or est l'anneau nuptial
De la sainte victime enlevée au supplice;
Notre ange devança l'heure du sacrifice.

C'est donc toi que je plains, trop superbe rival :
Sa main te fut promise, et sa main fut mortelle;
Son ame est mon partage, et l'ame est éternelle!

LES MANES D'ADÈLE.

Au sortir de la tombe, au temple de la vie,
Où tarissent les pleurs et triomphe l'amour,
Où d'une douce paix est le divin séjour,
Oui, c'est là, mon Alfred, que t'attend ton amie!

Héloïse est absoute, Abélard l'a suivie,
Et Pétrarque et sa Laure embellissent leur cour;
Viens donc, fidèle amant, célébrer à ton tour
De nos cœurs éprouvés l'alliance bénie!

De ma foi ne crains pas la mondaine rigueur;
Tous les justes mortels sont aimés du Seigneur;
La vertu nous épure et partout est la même.

Oui, sur tous les climats un bienfait répandu,
Même étant ignoré, ne peut être perdu:
Le sang du rédempteur du monde est le baptême.

L'ESPÉRANCE.

O toi, d'un frère expatrié
Fidèle et généreuse amie,
O toi dont la tendre pitié
Calme l'orage de ma vie!
Sois attentive aux accents de ma voix,
De l'espérance Alfred chante les lois.

Quel est cet aliment du cœur,
Cette céleste nourriture
Qui nous soutient dans le malheur
Et qui ranime la nature,
Lorsque la faux partage son effort
Entre nos champs et les lits de la mort?

Qui donne à l'innocent mortel
La force de braver des chaînes?

Qui du repentant criminel
Sur l'échafaud suspend les peines?
Doux avenir, ô magique miroir!
De tes rayons c'est le divin pouvoir.

Les champs de la félicité,
Espérance, tu nous les ouvres,
Et l'ame de l'infortuné
Jouit des biens que tu découvres.
Fille des cieux, ah! ne me quitte pas,
Et tiens parole à l'heure du trépas!

APRÈS LA BATAILLE DE LEIPZIG.

Adieu, ma sœur, adieu!
Mon corps enfin succombe....
Viens dire sur la tombe
Qui m'attend en ce lieu :
Ci-gît la dépouille mortelle
Qui séparait Alfred d'Adèle.

FIN.

www.ingramcontent.com/pod-product-compliance
Ingram Content Group UK Ltd.
Pitfield, Milton Keynes, MK11 3LW, UK
UKHW021132230726
13926UKWH00002B/742